Dedicatória

Dedico este livro a todos os seres da beirada da vida, a todos aqueles que caminham descalços sobre o chão duro e ardente dessa dita civilização.

A todo grito engasgado, a toda risada interrompida, a todo gemido sufocado, a todo amor que não foi dado.

À minha grande e delicada mãe, professora dedicada, de fala mansa como mina de água, mas com coragem de corredeira.

Ao meu pai, por me ensinar o amor a terra e as coisas que dela brotam, inclusive a simplicidade, além de me presentear com a semente do desacerto.

Também dedico a cada amigo, fantasia, susto, risada, brincadeira que vivi em Liberdade, não se esquecendo de cada dor, machucado, cicatriz e lágrimas que me trouxeram tantos abraços e acolhimento.

À própria ideia de liberdade que, quando voa no céu, até nó de vida afrouxa.

"A Igreja diz: o corpo é uma culpa.
A Ciência diz: o corpo é uma máquina.
A publicidade diz: o corpo é um negócio.
E o corpo diz: eu sou uma festa."
Eduardo Galeano

Figuras de Liberdade

Memórias de um Artista Viajante

Textos e ilustrações
Fernando Siqueira

Prefácio

Neste livro você irá conhecer figuras fantásticas de uma cidade chamada Liberdade, sim, ela existe e surgiu entre as montanhas da Serra da Mantiqueira, no sul de Minas Gerais. Em Liberdade, a filosofia está na boca do povo, pelas ruas, nos assuntos corriqueiros, porque, nessa cidade, cada habitante carrega o dom de questionar a capacidade humana de ser livre. Qualquer frase que carregue o nome de Liberdade sempre trará consigo um tom profundo de questionamento, como se dentro de cada libertense morasse um grande filósofo. Nas reclamações de seus habitantes, Liberdade está jogada às traças, Liberdade não evolui, Liberdade está cheia de buracos; no paradoxo, Liberdade é a única cidade em que você pode estar preso e continuar em liberdade. E, como na bandeira do estado das Minas Gerais, em Liberdade, pode-se ver o entardecer todos os dias. É no solo dessa pequenina cidade que caminharam nossas grandes figuras.

Quando se pensa nas figuras importantes de uma cidade, flui, como água pelas ideias, gente graúda, de pompa, nome grande, sobrenome importante; muitos, descendentes daquele continente miúdo que um dia dominara o mundo inteiro, a Europa. Figuras das quais se faria uma estátua na praça principal da cidade, exemplos de moral e bons costumes, pessoas "ilustres". Mas não é gente de fazer monumento de que se trata este livro; o que dá comichão no coração, daquele que vos escreve, é gente, às vezes, esquecida dos afetos, enferrujada nas dignidades e abandonada pelo que é normal. Você conhecerá pessoas que tiveram coragem grande para vencer os avessos. Os seres que habitam estas páginas são da beirada da vida, viveram à margem, não caminharam pela linha reta. Umas destacam-se pelo carinho em desmesura; outras, com um cado bão de raiva misturada com cachaça, e algumas, por darem mais brio à palavra "pitoresco".

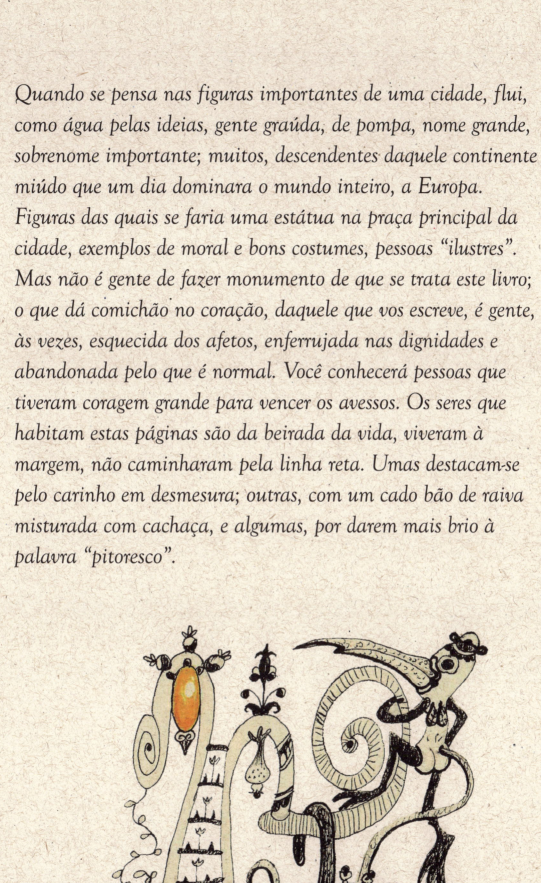

Essas figuras vivem na cabeça do adulto que vos escreve, porque um dia a criança que foi testemunhou com olhares curiosos a vida desses sujeitos, guardando-os num pote vazio, bem no fundo do coração. Algumas delas já estão com São Pedro contando causos; outras ainda nos convivem, mas caminhando pela verdade mesma, nenhuma delas existe mais, porque são pequenos e deliciosos fragmentos da criança que fui. São histórias que habitam o limiar entre a memória e a fantasia. Hoje a criança que olhou para essas almas habita o mesmo lugar desses seres, o grande mundo da memória que flerta com o delírio.

Elas viveram em Liberdade, mas poderiam viver onde quer que exista terra boa e fértil para criar gente torta que pula cerca das regras, pisa fora das linhas do normal, tem desatação das ideias, fascinação para viver dos avessos, além de um coração sacolejado por demais, o que deixou o juízo fraco. Intensifica o meu querer vislumbrar esses seres vistos por seu lado humano, uma maneira de olhar generosa para a alma dessas figuras que carregaram tantos sofrimentos, mas também aquilo que vai além do humano, o lado lendário. Além de ser gente, eles para mim e agora para você, caro leitor, são lendas. Lendas que ensinam que a raiva pode caminhar o desejo mais íntimo da solidão, flutuar. O carinho tem prazer quando brota do chão, e o andarilho caminha, porque seus pés são amantes eternos da terra.

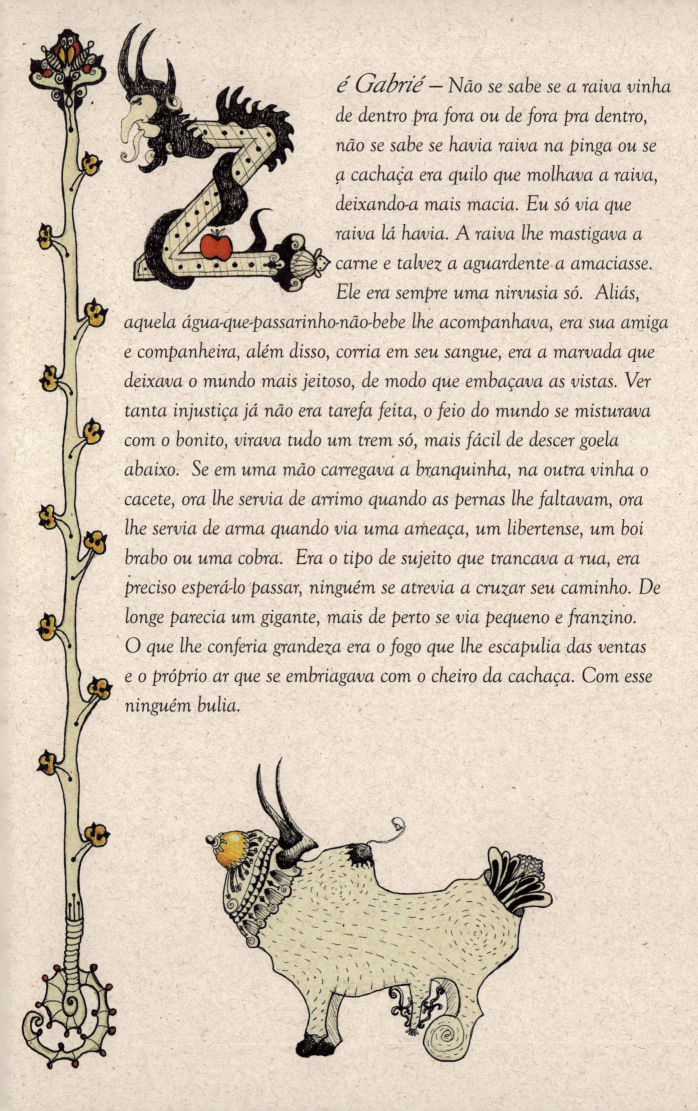

é Gabrié — Não se sabe se a raiva vinha de dentro pra fora ou de fora pra dentro, não se sabe se havia raiva na pinga ou se a cachaça era quilo que molhava a raiva, deixando-a mais macia. Eu só via que raiva lá havia. A raiva lhe mastigava a carne e talvez a aguardente a amaciasse. Ele era sempre uma nirvusia só. Aliás, aquela água-que-passarinho-não-bebe lhe acompanhava, era sua amiga e companheira, além disso, corria em seu sangue, era a marvada que deixava o mundo mais jeitoso, de modo que embaçava as vistas. Ver tanta injustiça já não era tarefa feita, o feio do mundo se misturava com o bonito, virava tudo um trem só, mais fácil de descer goela abaixo. Se em uma mão carregava a branquinha, na outra vinha o cacete, ora lhe servia de arrimo quando as pernas lhe faltavam, ora lhe servia de arma quando via uma ameaça, um libertense, um boi brabo ou uma cobra. Era o tipo de sujeito que trancava a rua, era preciso esperá-lo passar, ninguém se atrevia a cruzar seu caminho. De longe parecia um gigante, mais de perto se via pequeno e franzino. O que lhe conferia grandeza era o fogo que lhe escapulia das ventas e o próprio ar que se embriagava com o cheiro da cachaça. Com esse ninguém bulia.

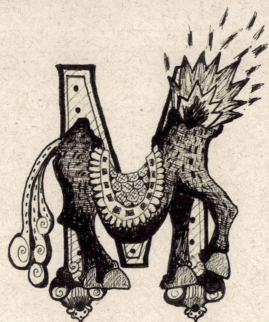

aria do Zé Gabrié – A loucura lhe veio visitar dos céus, perdeu o juízo quando um pássaro de metal caiu perto de sua casa, ao contrário de sua xará, que foi visitada por um anjo que lhe trouxe uma criança sagrada, o que veio dos céus lhe levou o tino. O juízo bagunçou-se, o mundo fez-se ao contrário, pisava nos céus e olhava pro chão. Desde então, sua morada tornou-se seu firmamento do qual nunca partia. A tapera converteu-se em ventre, a pele que lhe protegia dos juízos alheios. Da chaminé de sua morada, por onde o lar respirava, partia uma fumaça que fazia o faro perguntar-se: "o que há no fogo?", atiçava a curiosidade, que tipo de mandinga a mulher ali preparava. Havia dentro um caldeirão onde Maria preparava suas poções. Seria a mulher uma bruxa? De certo, quando perdera o juízo, recebera em troca o dom de ver além dos olhos, de ver pelos olhos dos urubus, quando se avistava as aves, sabia-se de certo, Maria espiava. Acredito que só em noites de lua cheia, a velha senhora deixava seu lar, não pela terra, mas pelos céus. Maria voava para ouvir as estrelas, de onde tirava todos seus devaneios. No seu terreiro podia se ver de tudo; o desconhecido ali fazia morada, no varal, pendurado na linha do horizonte, havia roupas, panelas, um ou dois gatos, alguns sentimentos rebeldes e um pensamento bagunçado à mostra. A razão ali sempre estava pendurada no teto.

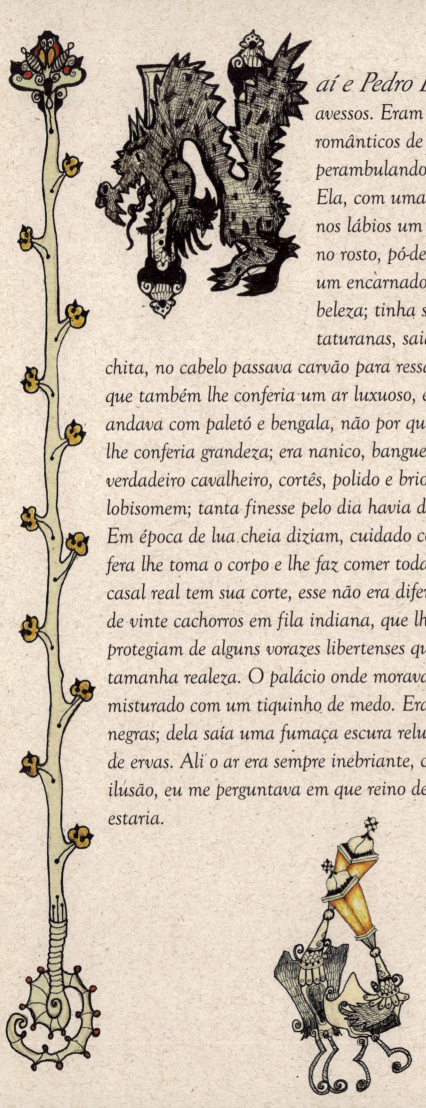

Maí e Pedro Buneco — Casal dos avessos. Eram inseparáveis, os mais românticos de Liberdade, sempre estavam perambulando pelas ruas da cidade. Ela, com uma vaidade invejável, usava nos lábios um batom carmim intenso, no rosto, pó-de-arroz e, nas maçãs, um encarnado que lhe ressaltava a beleza; tinha sobrancelhas grossas como taturanas, saia rendada e florida de chita, no cabelo passava carvão para ressaltar o negro das madeixas que também lhe conferia um ar luxuoso, esfumaçado. Ele sempre andava com paletó e bengala, não por que precisava, mas por que lhe conferia grandeza; era nanico, banguela, além de esposo fiel, um verdadeiro cavalheiro, cortês, polido e brioso, além de candidato a lobisomem; tanta finesse pelo dia havia de ser compensada a noite. Em época de lua cheia diziam, cuidado com Pedro Buneco, uma fera lhe toma o corpo e lhe faz comer toda gente. Certamente, todo casal real tem sua corte, esse não era diferente, andavam com cerca de vinte cachorros em fila indiana, que lhe faziam companhia e o protegiam de alguns vorazes libertenses que não sabiam lidar com tamanha realeza. O palácio onde moravam me causava fascínio misturado com um tiquinho de medo. Era uma maloca com paredes negras; dela saía uma fumaça escura reluzente com um doce aroma de ervas. Ali o ar era sempre inebriante, com algumas nuvens de ilusão, eu me perguntava em que reino de tamanha nobreza eu estaria.

milinhas – "Ê vem as Emilinhas!", diziam. Sempre caminhavam pelas ruas da cidade, iam de cabo a rabo, livres e inseparáveis. Elas andavam em um balanço leve, solto e malemolente que até hipnotizava. Era uma ginga, um samba caminhante, quase flutuavam; de certos seus pés não tocavam o chão, era a magia da leveza. Aquele espaço de alegria que havia entre o chão e os pés. Elas eram o yin yang caminhantes; uma preta outra branca, separadas no nascimento, elas cresceram, mas quando se encontraram, uma, elas se tornaram. Como o rio caminha em direção ao mar, elas se misturaram, desaguaram-se uma na outra. Delas nasceram as Emilinha. Eram eternas crianças, adoravam brinquedos, as bonecas estavam sempre aos seus cuidados. Aos olhos libertenses eram brinquedos, mas aos olhos que sabem ver, eram suas filhas, sempre bem cuidadas e asseadas... Carregavam nos olhos a emoção que a pipa sente ao voar e tinham nos passos uma habilidade, a alegria dos pés quando tocam o chão. Andavam descalças e ali havia intimidade no modo dos pés eternamente se enamorarem da terra. Nessa ginga caminhante elas percorriam cada cantinho da cidade, recolhiam todos os sorrisos não dados que, prematuramente morreram por moléstia de tristeza ou de repressão; adotavam esses sorrisos quando já estavam crescidos; elas os distribuíam pela cidade.

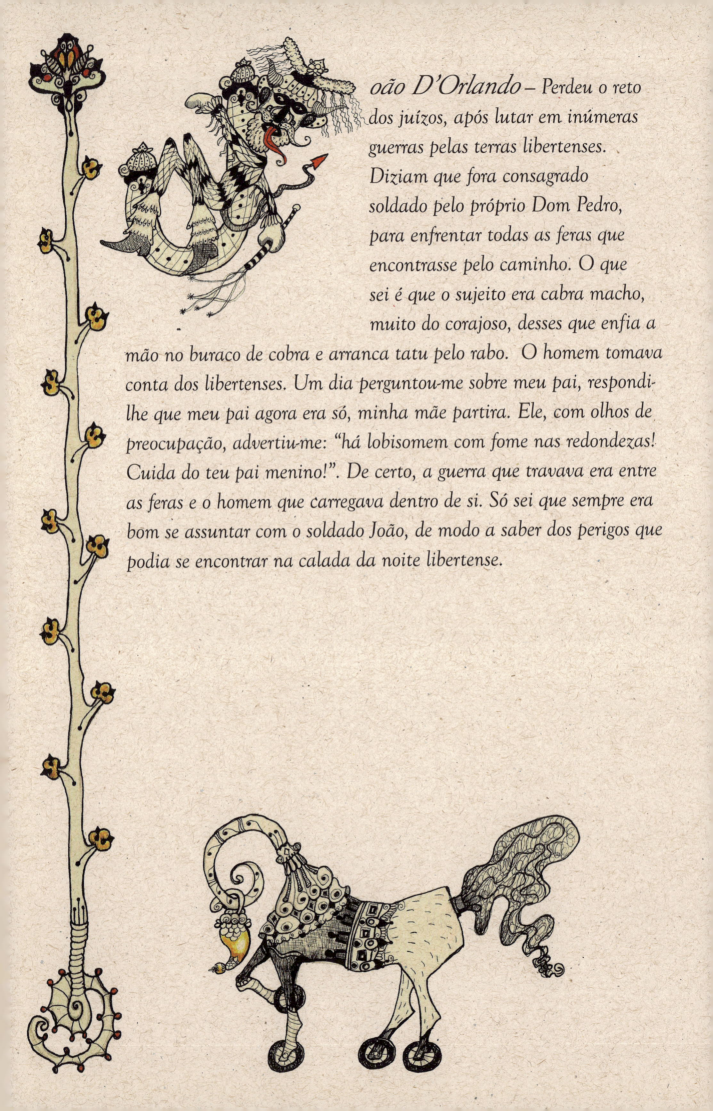

oão D'Orlando – Perdeu o reto dos juízos, após lutar em inúmeras guerras pelas terras libertenses. Diziam que fora consagrado soldado pelo próprio Dom Pedro, para enfrentar todas as feras que encontrasse pelo caminho. O que sei é que o sujeito era cabra macho, muito do corajoso, desses que enfia a mão no buraco de cobra e arranca tatu pelo rabo. O homem tomava conta dos libertenses. Um dia perguntou-me sobre meu pai, respondi-lhe que meu pai agora era só, minha mãe partira. Ele, com olhos de preocupação, advertiu-me: "há lobisomem com fome nas redondezas! Cuida do teu pai menino!". De certo, a guerra que travava era entre as feras e o homem que carregava dentro de si. Só sei que sempre era bom se assuntar com o soldado João, de modo a saber dos perigos que podia se encontrar na calada da noite libertense.

Gerarda Gaga – Sujeita que era irmã da terra, por isso se assemelhava e cheirava a terra. Entre as rachaduras de seus calcanhares corria uma seiva que fertilizava o solo; por onde passava, deixava no ar um cheiro de terra molhada. Gostava também da terra do cemitério, onde a vida se torna morte e a morte se torna vida, por isso morava nas beiradas dessas bandas. Nela, as palavras engastalhavam na garganta, por isso gaguejava e tacava pedras com tanta facilidade. Porque o que era custoso para ser dito era lançado, de modo que era para palavra não entalar nos caminhos da fala. Sabia que a palavra entalada gera quentume no coração. Como a palavra lhe trupicava, também o tino às vezes lhe fugia; a senhora, depois de muito custo, sempre o encontrava atirado ao chão já criando raízes. Muitos gatos a possuíam e lhe davam muito carinho, por isso diziam que os bichanos eram crianças transformadas, desconfio, os gatos eram muito bem tratados. Os felinos lhe davam carinho e proteção, viviam junto da senhora do chão, de certo, por que lhes foi dado o poder de transitar entre o mundo dos que caminham sobre a terra e dos que nela descansam. Gerarda já era, quase, a própria terra.

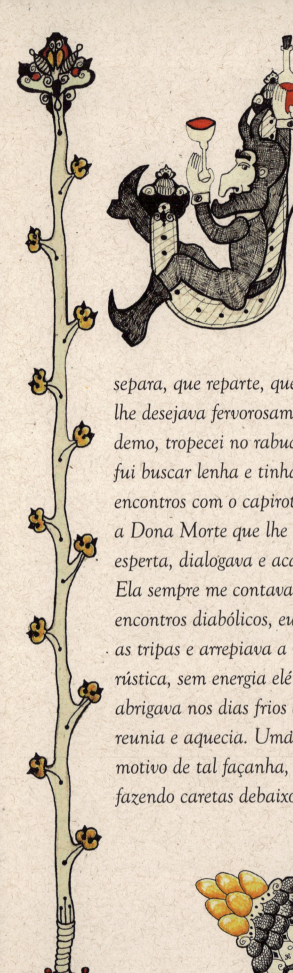

oaquina — Minha incrível vizinha, avó de Ana e Maria, uma senhora crente pagã. Andava pela rua com toda pompa, mas se a bexiga lhe comichasse, ela afastava as pernas e ali mesmo escorria o liquido dourado. Fumava um cachimbo fedorento, aos olhos de minha narina, dizia, é para espantar as incertezas da vida com os espritos do coisa ruim, aquele que separa, que reparte, que confunde. Aliás, o príncipe dos infernos lhe desejava fervorosamente, todo dia. Ela me dizia: "topei com o demo, tropecei no rabudo, vi o chifrudo me esperando na esquina, fui buscar lenha e tinha um belzebu me espiando!". Mas nem só de encontros com o capiroto vivia a velha e forte senhora. Às vezes, era a Dona Morte que lhe assuntava, mas Joaquina era afamada de esperta, dialogava e acabava ficando, dava a volta até na morte. Ela sempre me contava muitas histórias de assombração e de seus encontros diabólicos, eu, claro, sentia aquele medo bom que esfriava as tripas e arrepiava a nuca. Joaquina morava em uma casa rústica, sem energia elétrica com um ótimo fogão a lenha, que nos abrigava nos dias frios de inverno; ele era o coração da casa, a todos reunia e aquecia. Uma vez coloquei fogo na barra de seu vestido, o motivo de tal façanha, não me lembro, talvez tenha visto a Cuca fazendo caretas debaixo de suas vestes.

Gerardo Caçapa – Degringolou-se. Caminhava sempre embriagado pelas ruas da cidade, exalava o cheiro destilado da cana e muita alegria, de certo era uma pessoa feliz. Uma de suas mãos era completamente torta, diziam que uma cascavel picara sua mão, na outra mão trazia sua bengala de ferro, um vergalhão dobrado, para compensar o excesso da marvada e a tortura da outra mão. Fazia sons estranhos com sua boca, era como um idioma próprio, de certo era a língua das cobras, ele se comunicava bem com as cobras. Cuidava de uma velha senhora, centenária; sua identidade, um mistério. Uma vez meu irmão foi perambular pelos lados de suas terras, voltou para casa aos prantos e a galope; chegando, desmaiou; o que aconteceu lá nunca foi revelado. De certo, encarara a grande cobra que lá vivia. Dizem que a velha senhora era uma grande cascavel que podia envolver Liberdade com todo seu corpo, engolindo-a de uma só vez; só não cometera tal ato, porque Gerardo carinhosamente a amansara.

eonina – Tinha apenas a solidão enquanto companheira, falava, falava muito, sussurrava, mas as palavras não tinham força para chegar aos ouvidos alheios. Talvez houvesse ouvidos para lhe ouvir, mas esses não eram humanos, eram seres raros, estranhos espíritos que lhe faziam companhia. Recebeu o abandono como dom e com ele conviveu. Seu sonho, de certo, era ser uma pedra, imóvel, silenciosa e perene. Acredito que ela fosse uma guardiã, aquela que guardava a solidão, de modo que sobrasse menos solidão para aquelas sensíveis a tal companhia. Fazia sempre o mesmo percurso acompanhada de uma neblina que lhe banhava o corpo, caminhava ao redor da capoeira, da mata perto de minha casa, a floresta mágica que vivia no seio de Liberdade. Quiçá ali habitavam seus entes queridos, seus companheiros. Um dia morreu, ali, sozinha em silêncio. Há quem diga que foi tomar água em uma fonte, desmaiou e afogou-se. Acredito em outra versão: a fonte um dia abriu-se, era uma porta, uma passagem para um encontro, houve um convite, ela aceitou e por lá ela caminhou. Nunca mais foi vista. Às vezes se ouvem sussurros pela capoeira, só os mais sensíveis escutam.

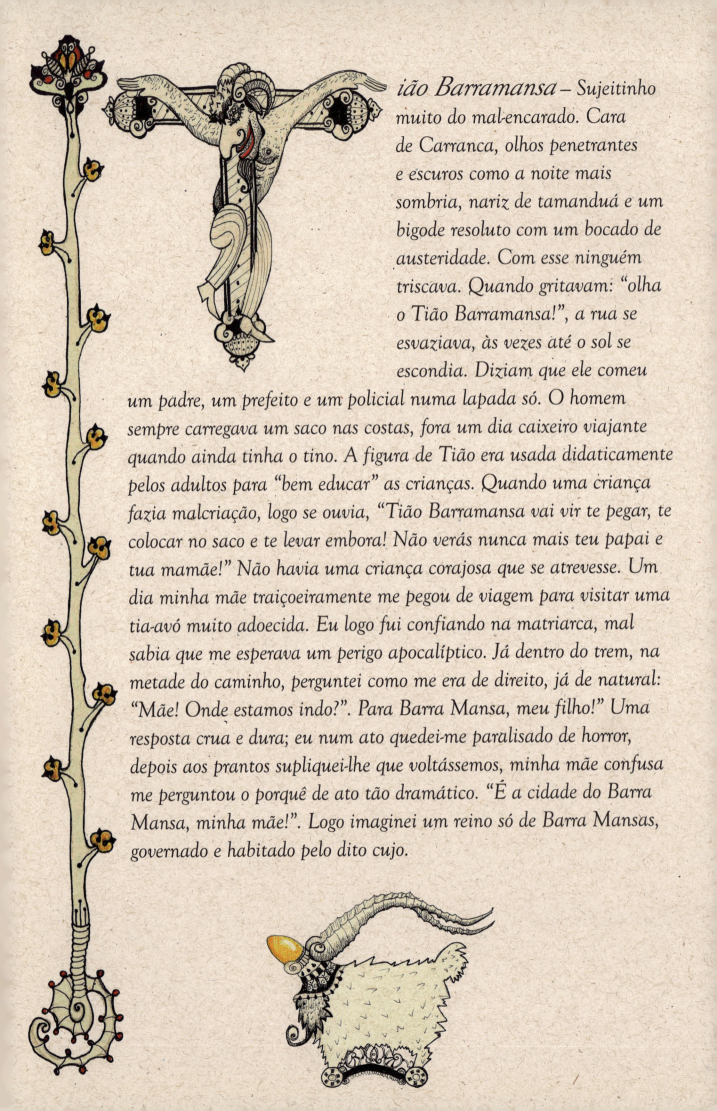

Tião Barramansa – Sujeitinho muito do mal-encarado. Cara de Carranca, olhos penetrantes e escuros como a noite mais sombria, nariz de tamanduá e um bigode resoluto com um bocado de austeridade. Com esse ninguém triscava. Quando gritavam: "olha o Tião Barramansa!", a rua se esvaziava, às vezes até o sol se escondia. Diziam que ele comeu um padre, um prefeito e um policial numa lapada só. O homem sempre carregava um saco nas costas, fora um dia caixeiro viajante quando ainda tinha o tino. A figura de Tião era usada didaticamente pelos adultos para "bem educar" as crianças. Quando uma criança fazia malcriação, logo se ouvia, "Tião Barramansa vai vir te pegar, te colocar no saco e te levar embora! Não verás nunca mais teu papai e tua mamãe!" Não havia uma criança corajosa que se atrevesse. Um dia minha mãe traiçoeiramente me pegou de viagem para visitar uma tia-avó muito adoecida. Eu logo fui confiando na matriarca, mal sabia que me esperava um perigo apocalíptico. Já dentro do trem, na metade do caminho, perguntei como me era de direito, já de natural: "Mãe! Onde estamos indo?". Para Barra Mansa, meu filho!" Uma resposta crua e dura; eu num ato quedei-me paralisado de horror, depois aos prantos supliquei-lhe que voltássemos, minha mãe confusa me perguntou o porquê de ato tão dramático. "É a cidade do Barra Mansa, minha mãe!". Logo imaginei um reino só de Barra Mansas, governado e habitado pelo dito cujo.

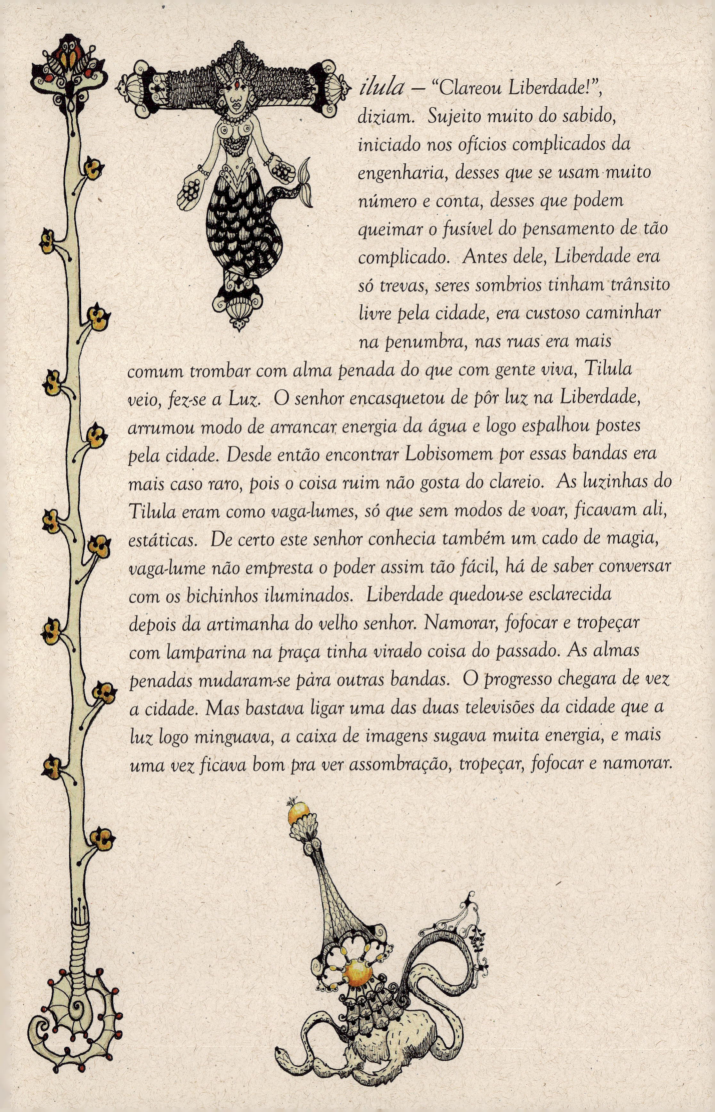

ilula – "Clareou Liberdade!", diziam. Sujeito muito do sabido, iniciado nos ofícios complicados da engenharia, desses que se usam muito número e conta, desses que podem queimar o fusível do pensamento de tão complicado. Antes dele, Liberdade era só trevas, seres sombrios tinham trânsito livre pela cidade, era custoso caminhar na penumbra, nas ruas era mais comum trombar com alma penada do que com gente viva, Tilula veio, fez-se a Luz. O senhor encasquetou de pôr luz na Liberdade, arrumou modo de arrancar energia da água e logo espalhou postes pela cidade. Desde então encontrar Lobisomem por essas bandas era mais caso raro, pois o coisa ruim não gosta do clareio. As luzinhas do Tilula eram como vaga-lumes, só que sem modos de voar, ficavam ali, estáticas. De certo este senhor conhecia também um cado de magia, vaga-lume não empresta o poder assim tão fácil, há de saber conversar com os bichinhos iluminados. Liberdade quedou-se esclarecida depois da artimanha do velho senhor. Namorar, fofocar e tropeçar com lamparina na praça tinha virado coisa do passado. As almas penadas mudaram-se para outras bandas. O progresso chegara de vez a cidade. Mas bastava ligar uma das duas televisões da cidade que a luz logo minguava, a caixa de imagens sugava muita energia, e mais uma vez ficava bom pra ver assombração, tropeçar, fofocar e namorar.

inckman — médico da cidade, homem da ciência, sujeito dos livros e dos instrumentos, conhecia como o bicho homem funciona por dentro, cada engrenagem, cada ligação, cada circuito, só não entendia dos complexos da alma. De certo tinha capacidade pra construir um ser humano desde seus primórdios, cada pedacinho. Ele morava em uma casa que se chamava Villa Maria, um casarão, imponente até nos dias de hoje. Esse só via de longe, na varanda de sua casa, já em sua idade avançada, com a tez enrugada e branca como geada, a cabeleira como neve, sempre fitando o horizonte, imóvel, como quem já entendeu a vida. Quando criança perguntava a minha mãe, quem era aquele que nos observava tão fixamente ao longe. Minha mãe sempre contestava, foi o doutor da cidade, mas não ficava satisfeito com a resposta, aquele olhar misterioso não se resumia em uma frase. Um dia, já mais moço, fui com uma excursão em sua casa, agora habitada por seu filho e pela ausência de sua presença. Fomos ao porão, lá, vislumbrei todas suas máquinas e instrumentos, de matar e criar vida, potes com seres nunca vistos e partes de outros seres. De certo aquele senhor tentara criar um ser completamente novo, me pergunto se conseguiu, por onde anda e se conseguira descobrir os segredos da alma humana.

acida – Em seu ventre fez larga a morada de grande parte da generosidade do mundo, mulher simples, veio do campo, filha de uma mulher guerreira, trouxe no meio das trouxas um maço de candura, uma porção de bondade e o cuidar, ofício que da terra recebera de presente. Fixou raízes na cidade e casou-se com um homem do além-mar. Cuidar era um verbo que carregava no peito. Com o poder da terra vindo de dentro, nutria todos ao seu redor. Quando uma criança vez ou outra era esquecida por um adulto, em vistas desses ofícios de gente grande, lá ela aparecia, era aparecida, era a Cida que magicamente agarrava o pobre rebento. Com uma mão preparava os alimentos, desses que nutrem o corpo, com a outra nutria de carinho a criança, desse que preenche a alma. A mulher era devota de Nó'Sinhora de Aparecida, de certo tirava do manto da mãe santa tanto querer. Quando uma criança chorava, padecia de tristeza do coração ou de doença, ela tirava do manto da santa uns rezo, umas canções e logo o que doía sarava. Tacida tinha no abraço a acolhida de mil mães. Ser abraçado por ela era mergulhar em um poço de carinho, era aninhar-se ao lado da candura e ser coberto com uma manta remendada com a linha do cuidado.

aric'Ana — "Qual era a Ana, qual era a Maria?" perguntavam. Duas ninfas do ébano que moravam em frente a minha casa. De mãe aparecida e pai desaparecido. Elas me iniciaram nos ofícios mágicos do brincar. Maria, a mais alegre, gostava de admirar o voo das borboletas, e Ana, a que tinha cara de bava, estava mais para admirar os cachorros brigando. Com elas aprendi muitas artimanhas, se empanturrar com bolinhos de barro, ser curado nas brincadeiras de médico, fazer coisas que adulto não pode ver atrás das bananeiras. Lá vi e sentíamos os orgulhos do homem e da mulher. Eu as ensinei a urinar em pé, elas me ensinaram como se fazia sentado. Ana e Maria também me ensinaram que estercar a terra no meio do mato pode ser algo mais mágico que fazer esses trem em casa. Dançávamos conforme as cabras nos ensinavam e fazíamos experiências de prender o fôlego até virar borboletas. Adotávamos cachorros e criávamos nossas famílias, depois virávamos fazendeiros, cuidando de nossos boizinhos de palito e chuchu, não antes de eu dar mais atenção a Maria, e Ana me bater ou, ao revés, e Maria chorar. Um dia enterramos nossas tristezas e dançamos sobre elas como as galinhas nos ensinaram. Foi com elas que corria com a peneira no encalço do Saci e tremia de medo com os uivos do Lobisomem. Um dia a companhia delas foi-se, restou no rosto um par de lágrimas, um quilo de saudades e uma imensidão de alegria.

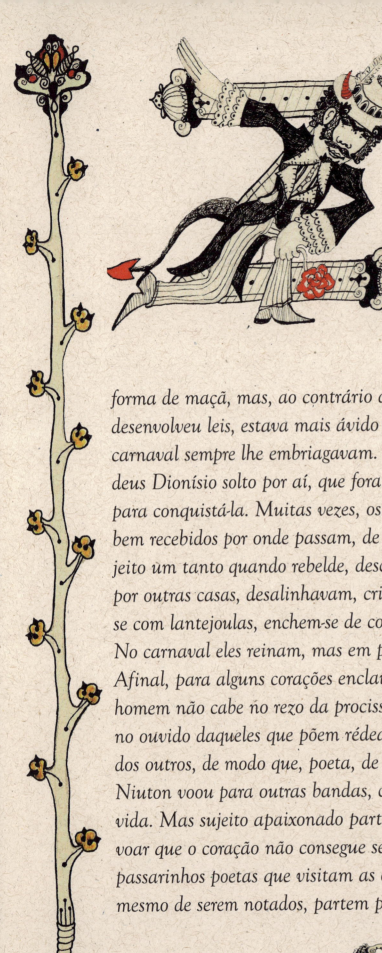

é Niuton – O homem mais sabido da cidade, diziam. Talvez por isso tenha partido de forma tão prematura e só, quem sabe? Tanta sapiência, morando em um ser tão sensível, é tarefa árdua de suportar, uma tempestade na cachola, um ardor no peito, é muito peso pra cacunda suportar. Talvez fosse parente daquele inglês que teve uma chuva de ideias em forma de maçã, mas, ao contrário de seu xará de outras terras, Zé não desenvolveu leis, estava mais ávido para quebrá-las. Poesia, álcool e carnaval sempre lhe embriagavam. De certo era mais um rebento do deus Dionísio solto por aí, que fora enviado à Liberdade com liberdade para conquistá-la. Muitas vezes, os seres dionisíacos não são muito bem recebidos por onde passam, de modo que se comportam de um jeito um tanto quando rebelde, descosturam o tecido, passam as linhas por outras casas, desalinhavam, criam outros pontos, emperiquitam-se com lantejoulas, enchem-se de cor, então a roupa vira fantasia. No carnaval eles reinam, mas em procissões rejeitar é uma premissa. Afinal, para alguns corações enclausurados homem que gosta de outro homem não cabe no rezo da procissão. A poesia, às vezes, se faz grito no ouvido daqueles que põem rédeas na palavra e nos sentimentos dos outros, de modo que, poeta, de pé pra riba, põe asas nas palavras. Niuton voou para outras bandas, cedo demais, ainda no meio dia da vida. Mas sujeito apaixonado parte cedo mesmo, deve ser a ânsia por voar que o coração não consegue segurar. Deve ter virado um desses passarinhos poetas que visitam as casas logo pela manhã e, antes mesmo de serem notados, partem para outros céus.

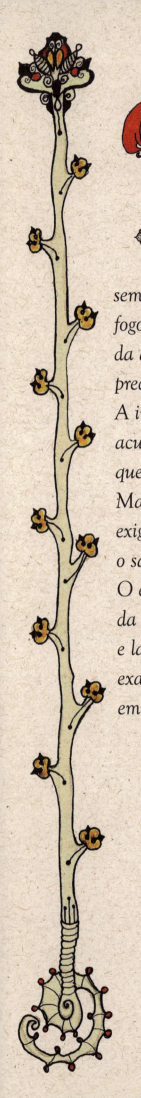

Senhor Bom Jesus do Livramento – O santo milagroso da cidade, havia sido esculpido pelas mãos do próprio São José, o pai carpinteiro do Messias, diziam. Escultura que nasceu duma árvore que um dia provara seu valor de matéria prima de santo.

Era uma vez, no pasto, uma árvore. Os peões sempre tocavam fogo que a tudo consumia, o cedro permanecia! O fogo que cavalgava com raiva, apagando a vida, se curvara diante da árvore que bravamente resistia, de certo, a planta já nascera predestinada para ter alma de santo.

A imagem mostra Jesus no exato momento do julgamento. Jesus fora acusado pelos sacerdotes judeus perante o burocrata Pôncio Pilatos que, após interrogá-lo, não encontrou motivos para sua condenação. Mas a turba, presente ao julgamento, bradava contra o prisioneiro, exigindo sua crucificação; não sairiam dali sem ver a terra degustar o sangue de Jesus. O juiz então mandou flagelar e exibir o homem. O ensanguentado sujeito, acreditando que a chusma compadeceria da condição do pobre santo, que agora desfalecia em sangue, suor e lágrimas. Mas nada aconteceu. A multidão tinha sede de ódio e exalava um cheiro de morte. Jesus fora traído pelo ódio que morava em seu próprio povo, em sua própria religião.

A multidão julgou, Roma consumou.
Jesus espera, impávido.
Um grito ecoa:
"Jesus ou Barrabás?"
"Messias ou o Assassino?"
"O amor ou a violência?"
De pronto a turba sedenta, contesta,
"Barrabás!"
"Barrabás!"
"Barrabás!"

Está nu, porque culpa e vergonha nenhuma carrega, está junto de sua inocência, vestido com o manto da liberdade que já banha seu corpo, como a brisa sustenta o voo de uma andorinha. Crime? Nenhum! Pregara o amor. No olhar, a morada da calma. Cuspes, gritos e maledicências vieram, lágrimas desceram. O coração? Intacto! A missão já fora cumprida.

Que o Senhor dos Livramentos possa livrar você, caro leitor, das palavras presas, das mãos atadas, dos dedos apontados e do coração comprimido.

Que um ser livre faça morada dentro de cada cantinho do teu corpo. Cada gesto e palavra por ti proferidos possam se converter no ar que sustenta a leveza da própria liberdade.

Epílogo

Após ler estas páginas, você deve se perguntar por onde caminham estas figuras da beirada da vida, eu te respondo:
Quando olhar aquela plantinha que racha o concreto, crescendo proibidamente,
Lá estarão elas!
O cachorro que invade a igreja na hora da missa em seu tom mais solene,
Lá estarão elas!
A criança que ri alto e brinca entre as pernas dos adultos em meio ao velório,
Lá estarão elas!
A travesti fortemente maquiada à espera de um encontro na esquina,
Lá estarão elas!
O homem bêbado que te cumprimenta com a mão suja de rua e te pede mais vida,
Lá estarão elas!
O louco que te sussurra ao pé do ouvido "a vida vale",
Lá estarão elas!
E quando você tropeçar, cair, rasgar-se, gritar, embebedar-se, dançar, amar, gozar, desatinar-se, desesperar-se, desintegrar-se, sujar-se, desvairar-se, desnudar-se, despedaçar-se.
Ser.
Em ti estarão elas!

Figuras de Liberdade - Memórias de um Artista Viajante © Fernando Siqueira

Figuras de Liberdade - Memórias de um Artista Viajante © Crivo Editorial

Edição: Haley Caldas, Lucas Maroca de Castro e Rodrigo Cordeiro
Capa, projeto gráfico e diagramação: Fernando Siqueira
Revisão: Adriana Godoy

Ficha Catalográfica

···

S618f
Siqueira, Fernando

Figuras da Liberdade / Fernando Siqueira. — Belo Horizonte:
Crivo Editorial, 11/2018.
52 p. : il.; 20,5cm x 29,3cm.

ISBN: 978-85-66019-81-0
1. Literatura brasileira. I. Título.

CDD 869.8992
CDU 821.134.3(81)

···

1. Literatura brasileira 869.8992
2. Literatura brasileira 821.134.3(81)

Crivo Editorial
Rua Fernandes Tourinho, 602, sala 502
Funcionários - BH - MG - 30.112-000
contato@crivoeditorial.com.br
www.crivoeditorial.com.br
facebook.com.br/crivoeditorial
instagram.com/crivoeditorial

Este livro se materializa graças ao financiamento coletivo Benfeitoria, tornou-se possível graças a um delírio individual que se converteu em um sonho coletivo, todas as graças para todos os seres envolvidos.